O mundo é pra ser voado

Vivina de Assis Viana

Coleção O Prazer da Prosa

Ilustrações
Lúcia Brandão

editora scipione

Gerente editorial
Sâmia Rios

Editora
Maria Viana

Editor assistente
Adilson Miguel

Revisoras
Amanda Valentin,
Michele Tessaroto, Maysa Monção
e Nair Hitomi Kayo

Editora de arte
Marisa Iniesta Martin

Projeto gráfico de capa e miolo
Homem de Melo & Troia Design

editora scipione

Av. Otaviano Alves de Lima, 4 400
6º andar e andar intermediário
Ala B
Freguesia do Ó
CEP 02909-900 – São Paulo – SP

DIVULGAÇÃO
Tel.: 0800-161700

CAIXA POSTAL 007

VENDAS
Tel.: (0XX11) 3990-1788
www.scipione.com.br
e-mail: scipione@scipione.com.br

2025
ISBN 978-85-262-7978-0 – AL
ISBN 978-85-262-7979-7 – PR

Cód. do livro CL: 737510

2ª EDIÇÃO
3ª impressão

Impressão e acabamento
Log&Print Gráfica, Dados Variáveis e Logística S.A.
OP: 286551

Responsável pela 1ª edição (1988): Cristina Carletti

Este livro foi originalmente
publicado na série Diálogo,
da Editora Scipione,
na qual teve três edições.

conforme o Acordo Ortográfico

Dados Internacionais de Catalogação na Publicação (CIP)
(Câmara Brasileira do Livro, SP, Brasil)

Viana, Vivina de Assis
O mundo é pra ser voado / Vivina de Assis Viana; ilustrações de Lúcia Brandão. — São Paulo: Scipione, 2006. (Coleção O prazer da prosa)

1. Literatura infantojuvenil I. Brandão, Lúcia. II. Título. III. Série.

06-7532 CDD-028.5

Índices para catálogo sistemático:
1. Literatura infantojuvenil 028.5
2. Literatura juvenil 028.5

Prefácio

Mesmo tendo medo de avião, acho que o mundo é pra ser voado. Remexido, revirado.

Tenho remexido e revirado meu mundo em alguns livros, publicados a partir de 1977.

Quando percebi, em 1986, que meu filho mais novo — seis anos — já tinha se mudado três vezes, pensei que era hora de escrever sobre mudança.

Ao lembrar e inventar, senti que pertencia aos lugares onde morei. As recordações deviam estar carimbadas nos olhos e na alma.

Um canarinho, uma mesa, um abraço, um telefonema. Seres e fatos reapareciam com insistência, querendo retornar, pedindo pra ficar. Voltei, assim, a conviver com eles durante algum tempo. Vindos de um passado ainda recente, difícil de esquecer. Abri gavetas, fechei portas, ameacei abandonar objetos considerados desnecessários, empacotei afeições, enfrentei despedidas, investi na saudade. E me lembrei, claro, de inúmeras outras situações que não estão aqui. Aquelas dos tempos de estudante, em Minas, em pensionatos e repúblicas, tudo sempre transitório e provisório.

Este livro também teve títulos provisórios. O primeiro, óbvio, foi *Mudança*. Ainda que eu não estivesse convencida, ele me perseguia. Terminada a história, pensei ter resolvido o problema: *Ida ou volta?* Haveria título melhor?

Havia. Quem descobriu e me telefonou, avisando — "reli seu texto e descobri o título" —, foi Sônia Junqueira, escritora mineira com medo de avião que, há alguns anos, enfrentou uma mudança e veio parar em São Paulo.

Vivina de Assis Viana

Sumário

Vivina de Assis Viana nasceu em 1940. É mineira de Morro do Ferro. Estudou em São João del Rei, Juiz de Fora e Belo Horizonte. Formada em Línguas Neolatinas pela Universidade Federal de Minas Gerais, foi professora de Francês e Português até 1980, quando decidiu dedicar-se em tempo integral à literatura. Colaboradora em jornais, revistas e editoras, é uma das mais importantes escritoras do país na área juvenil. Recebeu o Prêmio Jabuti de Literatura Infantojuvenil com *O mundo é pra ser voado* em 1989.

Algumas obras: *O dia de ver meu pai* (1977/1988); *O jogo do pensamento* (1984); *O barulho do tempo* (1986/2006); *Ana e Pedro: cartas* (em parceria com Ronald Claver, 1990); *Arco-íris tem mapa?* (1993/2005).

O mundo é
pra ser voado

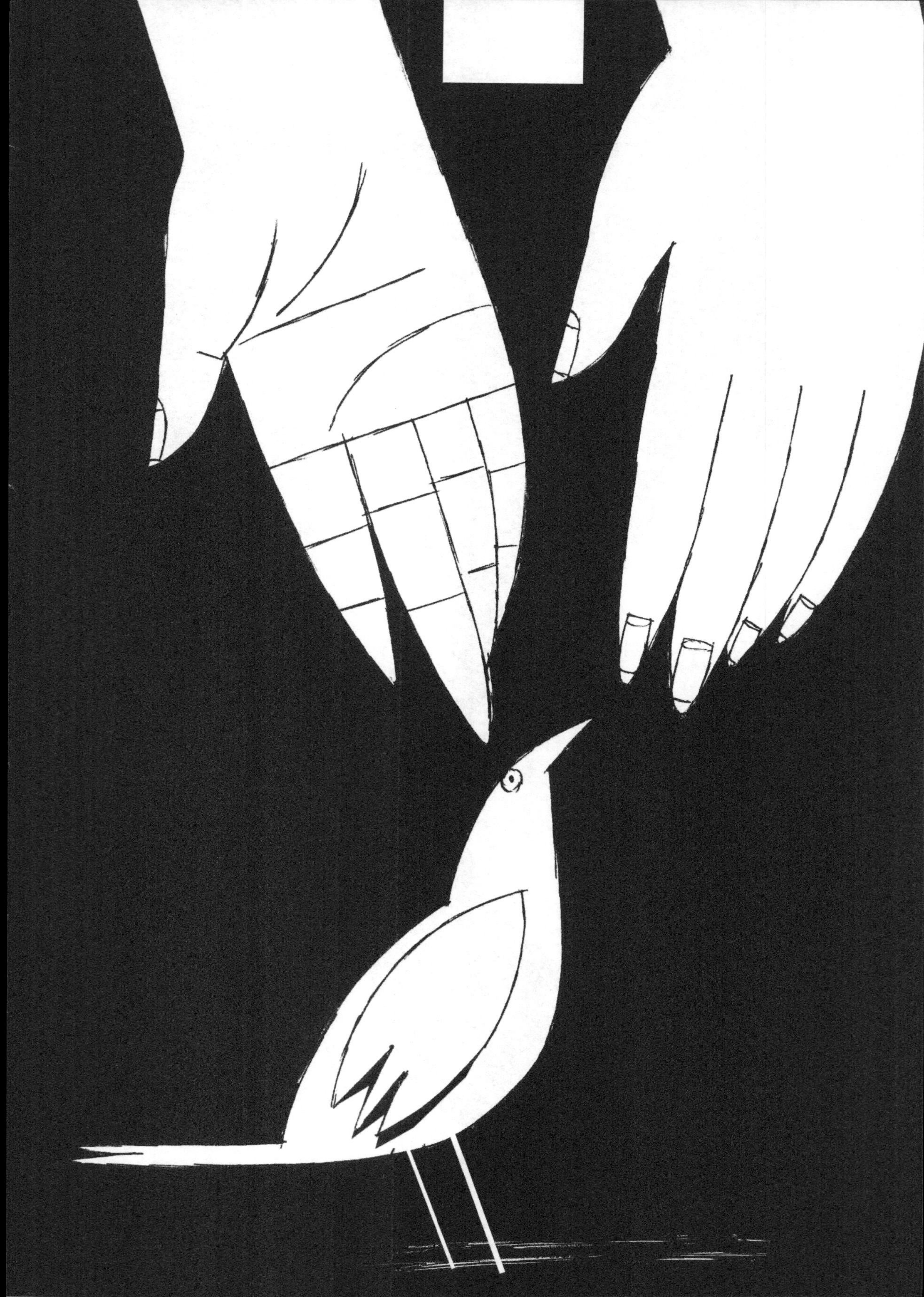

Outra vez

Bem que eu andava desconfiado. Cochichos, sussurros, expressões de dúvida, gestos de ânimo, crises de desânimo, olhos molhados, enxugados com as costas das mãos trêmulas.

Finalmente, no café da manhã, minha mãe falou:

— Tenho uma notícia pra vocês.

Quase quebrei o ovo quente que tomava na maior calma. Nunca sei o que fazer diante de uma situação nova. Tem gente que sabe. Tem gente até que mora a vida inteira no lugar onde nasceu. Cresce, namora, casa, tem filho, neto, alegria, tristeza, tudo. E acaba morrendo por lá também.

Tenho inveja desse pessoal. Conseguir ficar num lugar só. Sossegado, vendo o tempo passar. Vendo, não, que não se vê. Sentindo, não, que não se sente. Sabendo. Saber a gente sabe.

Quando quase quebrei o ovo, acho que queria segurar o tempo.

Pela sua voz, firme e trêmula ao mesmo tempo — minha mãe às vezes é mágica —, pude perceber que era muito mais que uma notícia.

Arrisquei, medroso:

— Pra onde, mãe?

— São Paulo.

— Outra vez? — sem querer, coloquei sal demais no ovo.

— Outra vez — ela trocou o dela comigo, dizendo que gostava de sal.

— Por quanto tempo?

— Não sei.

Quis perguntar quando seria. Faltou coragem. Do outro lado da mesa, fingindo comer aquele sal todo, ela me olhava. Parecendo pedir ajuda.

Ah, mãe, agora não. Vou sair por aí. Nem sei se tenho muito ou pouco tempo, se o caminhão já foi contratado, se a gente vai levar tudo, se os amigos estão sabendo, se tem gente sofrendo. Ou gostando.

Deve ter. Tem gente pra tudo.

Ciganos

Fui cuidar de mim.

Esquinas sobrando gente, avenidas sobrando carros, lugares bonitos e sofisticados misturados com outros simples, bonitos de outro jeito: becos sem saída, casas humildes, roupa surrada secando na janela.

Coisas de cidade grande. Muitos mundos num só, desequilíbrio.

Pensei em São Paulo: tudo isso em dose tripla.

Já morei lá, sei como é. Nasci lá também. A gente nasce num lugar e mora em tantos. Minha família é assim. Igual cigano.

Meu avô, fiel à vida do interior, morou só em dois lugares: trocou uma fazenda por outra. Nunca mais voltou à primeira, não tinha coragem. Ainda mais quando soube que o novo dono não cuidava da casa direito — o barracão, feito com tanto cuidado, andava despencando aqui e ali, a caixa-d'água vazando. Além disso, não gostava de viajar, não era como os ciganos que vez por outra passavam por suas terras.

Eles chegavam a cavalo, irreverentes. Homens com cabelos compridos, mulheres com saias coloridas, coxas morenas e crianças no colo. Agarradas às mães, tias, irmãs, avós.

Minha avó, roupa descolorida pelo tempo, corria para a janela da despensa.

"Pernas de fora", pensava escandalizada e invejosa.

Uma vez ela me contou, e parecia contar uma história de fadas: descendia de ciganos.

Quando eles apareciam, ela dizia, rindo:

— Dessa vez vou também.

Meu avô, descendente de índios, interrompia um assovio sertanejo: "Eu não troco o meu ranchinho, amarradinho de cipó". E aceitava a brincadeira:

— Se eu fosse você, ia mesmo.

Os ciganos zanzando de um lugar para outro, os índios, escorraçados, querendo cultivar a terra. Meu avô índio, mãos hábeis e firmes, cultivando minha avó cigana, plantando os voos dela na terra roxa. Trocando de casa só uma vez: 2 de julho de 1942. Suas malas e cuias sobre cavalos e carros de boi. De vez em quando paravam, bebiam água.

Nove léguas são nove léguas.

Mundo grande

Quinhentos quilômetros são quinhentos quilômetros.

Não sabia quantas vezes o caminhão iria parar durante a viagem até São Paulo, nem se o passarinho poderia ir com a mudança.

Canarinho. Amarelo, do bico torto, ele era da minha avó. Numas férias de junho — 1984, quem sabe dia 2? — ela disse:

— Se vocês quiserem esse canarinho, podem levar. Os meninos gostam tanto dele...

Não eram só os meninos. A família toda estava enfeitiçada por aquele bichinho fascinante, frágil, do bico torto.

Na hora de sair, meu pai pegou a gaiola. O olhar da minha avó, grudado na mão dele, era triste e aliviado.

O canarinho ia viajar, conhecer outros lugares, pousar em outras paragens, olhar o mundo por outras janelas. Quem sabe um dia voasse.

O olhar aliviado da minha avó cigana, tão plantada na terra, dizia, cúmplice, ao canarinho:

— O mundo, tão grande, é pra ser voado.

Chegada

Será que o passarinho entendeu minha avó? Quem é criado em gaiola não sabe viver em liberdade. Conversa antiga; como se liberdade a gente não aprendesse, treinasse.

Só sei que, mesmo engaiolado, ele viajou muito. Ainda filhote, fez uma viagem grande, com o primeiro dono dele. Um tio meu, irmão do meu pai.

Ele vive carregando passarinho de um lugar para outro, dando de presente, trocando, pegando na arapuca. Nem parece médico. Parece só passarinheiro, furando caixa de sapato para transportar filhotes.

Uma vez ele conseguiu um casal de tucanos. Levou para casa e deixou num viveiro concorrido: gralha, araponga, saracura. Perto do viveiro, ele criava as larvas, alimento da passarinhada. Me levou até lá, me mostrou. Tive nojo, não encostei a mão em nada, mas admirei aquele tio, pacato e pacífico, cuidando de cada passarinho do jeito certo, lendo sobre eles, estudando. Aprendendo, treinando.

Um dia, ele olhou aquele filhote do bico torto com um olhar demorado e disse:

— Vou te levar pra fazenda da minha mãe. É lá que você vai cantar pela primeira vez.

Levou. Entregou a caixa de sapato pra minha avó e avisou:

— O defeito do bico não tem importância. Quando crescer vai cantar.

A gaiola foi pendurada na parede de fora da casa de matar porco, fazer doce de leite e goiabada. Quando olhasse para a frente, o canarinho veria bem-te-vis, tico-ticos, sabiás, rolinhas. Pousando no terreiro, cantando nos galhos das goiabeiras ou fazendo ninhos nas calhas da casa. Ao seu lado, em outras gaiolas, pintassilgos, periquitos e, num poleiro, um papagaio que sabia cantar "Oh! Minas Gerais", chorar como as crianças da família e assoviar.

O assovio, aprendido com meu avô, variava de tom: animado de manhã, chamando as vacas ao curral; cansado à tardinha, subindo os doze degraus da escada de pedra da cozinha.

Canto de estreia

Quando chegou a hora, ele cantou.

Minha avó, então, escreveu uma carta para o meu pai. Falou do passarinho e de outras coisas também: era tempo de manga, os pés estavam carregados, quando chovia elas caíam por causa do vento; a casa estava cheia de gente, faltava só ele. Meu avô tinha comprado mais um terreno — "a *Chapada*, lembra?" —, um bom negócio, a Hiena tinha tido uma ninhada de cachorrinhos, ninguém mais dormia direito, eles latiam a noite inteira no porão e — "ah, uma notícia ruim" — uma cobra tinha mordido o Zé do Olímpio.

Bem no fim da carta, minha avó dizia: "Está vendo, meu filho? Eu ia escrever só pra participar o canto do passarinho...".

Uma das melhores coisas que fizemos naquelas férias foi escutar o canarinho. Meu pai dobrava o jornal com os problemas do mundo e ficava muito tempo parado perto da gaiola. Ouvindo, imitando, rindo.

Me chamava. Eu ouvia, imitava. Ria.

Minha mãe chegava com uma flor de beijo no cabelo — presente de meu irmão mais novo, explorador de cada canto da fazenda — e perguntava o que a gente estava fazendo ali. Como se não soubesse.

Numa tarde em que as horas demoravam a passar, ela pensou alto:

— Será que ele não tem vontade de cantar em outros lugares?

Meu irmão do meio vinha chegando e completou:

— Será que em outros lugares ele ia cantar do mesmo jeito?

Começamos a conversar sobre isso e foi uma confusão enorme. Quem é que podia saber se canto de passarinho varia de um lugar para outro, se existe canto de prisão, de liberdade, de campo, de cidade pequena, de centro de cidade grande, de periferia?

Só se a gente fosse morando em todos os lugares e carregando junto o mesmo passarinho. Sempre. Mesmo assim, não tinha jeito: como é que se podia carregar um passarinho em liberdade?

A conversa foi ficando triste, passando de canto e liberdade para choro e prisão, e todo mundo desistiu de continuar.

Meu pai voltou para dentro de casa, reabriu o jornal ao encontro de outras prisões, minha mãe amassou, sem querer, a flor do cabelo e meus irmãos buscaram outros caminhos. O mais novo perseguindo uma galinha de pintinhos, o do meio conversando com um primo sobre carros de corrida.

Só eu fiquei lá. Observando o canarinho, os pintassilgos e os periquitos. Tentação de abrir as gaiolas. Deixar meu olho viajar no azul, até sumirem — todos — no céu. Na imensidão do céu, como colocamos nas redações da escola.

Outro dia, nosso professor de Português, o Samir, disse que já era hora de descobrirmos outras coisas no céu, além da imensidão. Deve haver, basta procurar.

Para a maioria dos passarinhos, nada mais fácil. Para a minoria, nada mais difícil. Como é que esse canarinho vai fazer pra pesquisar o céu? E a imensidão? E as tais outras coisas, se é que elas existem?

Porque o céu está cheio de segredos. Principalmente à noite.

Naquela fazenda tão generosa em tios e tias, a gente costuma olhar o firmamento, depois do jantar. Tenho uma tia, aliás a minha preferida, que é apaixonada pelo céu. Coleciona livros, revistas, mapas e fotografias. Tem até uma luneta.

Ela vai mostrando, e nós aprendendo. Treinando. Voando entre constelações, planetas, Via Láctea, cometas, luas.

O canarinho dormia muito cedo. Escondia o bico torto debaixo da asa e ficava quietinho, sonhando. Não percebia como a fazenda é também generosa em estrelas.

Saída

Em julho de 1984 não foi sonho: impulsionado pelo olhar triste e aliviado da minha avó, ele viajou conosco. No chão do carro, perto dos pés da minha mãe.

Nossa casa — na verdade, um apartamento — possuía lugares agradáveis para um canarinho. Com parapeitos muito largos, todas as janelas abrigavam, com folga, a gaiola.

Assim, ele tomava sol logo de manhã. Se meu pai ou minha mãe começavam a escrever à máquina cedo, ele cantava lá perto, gaiola pousada na janela do escritório. Se eu chegava do colégio e ia estudar ou ouvir música — coisa que mais gosto de fazer na vida —, ele cantava perto de mim, na minha janela. Se meus irmãos, televisão ligada, brigavam no chão, um enrolado nas pernas do outro, ele assistia a tudo de perto, terceira janela.

À noite — uma, duas horas da madrugada —, minha mãe fechava a janela do escritório e pousava a gaiola na área de serviço.

Volta para São Paulo. Outros céus, imensidões (desculpe, Samir), mistérios e segredos. Não imaginava o que iria acontecer com o canarinho. Se o motorista do caminhão o levaria ou não.

— Com a gente não tem jeito; vamos embora de avião, não dá pra levar o canarinho junto — minha mãe falou, triste e decidida.

— Pena. Acho que ele ia gostar de voar.

Lembranças

Afundado no sofá da sala, não tinha coragem nem de ouvir disco.

Cada livro, quadro, armário, mesa, cadeira, caneta, caderno, borracha, brinquedo, lápis, prato, talher, vassoura, balde, tudo me lembrava mudança.

Descobria devagar: esses objetos pareciam nascidos nessa casa. Um pedaço dela. No entanto, dali a alguns dias, estariam procurando novos espaços.

Pensava naquela vassoura velha, sempre no mesmo canto da área de serviço. Um dia desses, quando meu pai foi buscar o passarinho, esbarrou nela.

— Essa vassoura ainda é aquela? — perguntou, com a gaiola na mão.

— Qual? — minha mãe tem a mania de esticar a pergunta.

— Aquela que nós compramos juntos.

— Não, de jeito nenhum. Aquela de quando a gente casou? Já acabou há muito tempo, há várias mudanças.

Meu pai explicou: estava falando de uma com o cabo desenhado. Será que ela já tinha esquecido? Compraram várias vassouras juntos. Será que ela só se lembra da primeira?

Remexendo no armário da área de serviço, minha mãe encontrou um ferro elétrico, desmontável, pequeno, guardado num estojo.

— E desse, você se lembra? — era sua vez de perguntar.

Meu pai, surpreso:

— Te juro que tinha me esquecido. Me dá aqui.

Tornou a pendurar a gaiola na parede e analisou o estojo com atenção:

— Os nomes de cidades, olha só: Berlim, Buenos Aires, Rio de Janeiro, Londres. Sempre as mesmas. Os fabricantes de estojos de ferros de viagem não são nada criativos.

— Mundo, mundo, vasto mundo... — minha mãe drummondiou.

A conversa caminhou por outros tempos. Outros estojos. Os de couro preto guardavam missais. Do tempo em que ambos, internos, estudavam.

— Era sinal de riqueza, lembra? — minha mãe, espantada com a lembrança e o fato.

— Lembro, lembro. Na capela, a gente ficava reparando nos missais. E sabia quem eram os mais ricos.

— Pelo missal só, não, pelo estojo também — minha mãe é detalhista.

— Até os missais pequenos, de primeira comunhão, indicavam os mais ricos. Lembra?

Minha mãe fez um olhar de dúvida, ele recordou:

— Quando a gente fazia a primeira comunhão, ganhava um missal. Branco, pequeno.

— Sinal de pureza — a memória da minha mãe voltando.

Meu pai:

— Ganhava do pai, do avô ou do padrinho. Na capa, letras douradas: "Lembrança da Minha Primeira Comunhão". Alguns missais tinham capa de madrepérola. Resistentes, brilhantes, parecendo alto-relevo.

— Eram os dos ricos?

— Eram. Dos mais ricos.

A conversa dos dois me levou, voando, à parte de cima do armário do corredor, perto dos quartos. Lá, entre malas e mochilas, minha mãe guardava umas caixas de papelão mexidas e remexidas a cada mudança.

De tamanhos e cores diferentes, essas caixas escondem baralhos, alguns lápis estrangeiros, moedas antigas, espátulas de abrir livros, agendas minúsculas com nomes que já se foram, bolas de gude, um cachimbo de bambu com o emblema do Clube Atlético Mineiro, um caleidoscópio quebrado e consertado, flâmulas de clubes — Vasco, Flamengo, Botafogo, Fluminense — e de cidades — Rio, Petrópolis, Teresópolis.

Uma vez perguntei à minha mãe por que eles guardavam essas flâmulas, já que não tinham nada a ver com o Rio de Janeiro. Ela disse que as flâmulas faziam parte da história da família, tios e avós iam muito ao Rio, todo mundo sabia de cor o hino do Botafogo e... Dei um jeito de cortar o assunto, mas acabei descobrindo: naquela época, quem nascia em Minas devia se chamar carioca.

Subi na escada velha, tão útil em época de mudanças, abri o armário do corredor e revistei, uma por uma, as caixas de tamanhos e cores diferentes.

Encontrei o que buscava: lado a lado, dois missais. Brancos, pequenos. No menor — e mais simples — havia sido gravado, em letras douradas: *Lembrança da Minha Primeira Comunhão*. Dentro, na primeira página, o nome da minha mãe. O maior era sofisticado, de madrepérola. Trazia, em baixo-relevo, uma cruz dourada e um ramo com três flores coloridas: verde, amarela e vermelha.

Pensei na conversa dos dois. Abri os missais, fechei, reparei, concluí: meu pai era mais rico que minha mãe. Ainda que as capas não me dissessem isso, as páginas me diriam. As do missal da minha mãe, amassadas, estragadas pelo uso, não conseguiam esconder, nem mentir: ela rezou mais.

Interrogações

Marcamos o encontro no mesmo lugar da última vez: no barzinho em frente ao colégio.

Fui andando devagar, pensando na melhor maneira de dizer o que ela ainda não sabia.

Mesas na calçada, pessoas sozinhas, acompanhadas, crianças maltrapilhas pedindo restos de sanduíches.

Ela chegou primeiro. De costas para a rua, não me viu chegar.

Tapei os seus olhos com minhas mãos.

— Tá chegando atrasado, sabia?

— E, um dia, não vou chegar nem atrasado, sabia?

— ?

— Estou indo embora.

— ?

— São Paulo.

— Você tá brincando.

— E eu ia brincar com uma coisa dessas?

— Quando?

— Daqui a uns dias.

— Todo mundo?

— Todo mundo. Pai, mãe, filhos, livros, discos, móveis, tudo.

— E eu?

— Eu venho te ver.

— Quando?

— Quando puder.

— E se você não puder?

— Te escrevo.

— E se o correio sumir com as cartas?

— Vou estar pensando em você.

Tomou um pouco de água tônica, me olhou fundo, prometeu:

— Se você for pra São Paulo, vou lá te ver.

— E se você não puder?

— Te escrevo.

— E se as cartas sumirem?

— Vou estar pensando.

Encostou a cabeça no meu ombro. Eu estava engasgado.

— Você já esteve em São Paulo? — perguntei.

— Não.

— Nunca, nem de passagem?

— Passagem pra onde? Lá não é caminho do Rio, nem do Espírito Santo.

— E você já foi ao Espírito Santo?

— Não sou mineira? Tenho de procurar o mar.

Rimos com vontade, como se os quinhentos quilômetros até São Paulo nunca fossem nos separar.

Depois, séria, ela abandonou meu ombro:

— Você vai fazer o quê, em São Paulo?

— Morar, ora essa.

— Mas por quê?

— Não nasci lá?

— E a gente tem de morar onde nasceu?

— E a gente não pode morar onde nasceu?

Ela não respondeu.

— Não me esquece — eu disse, estendendo o braço e tentando pegar as mãos dela, cruzadas debaixo do queixo.

— Nem se eu quisesse — ela ensaiou um sorriso triste, sem soltar as mãos.

— Você não imagina como é bom ouvir isso — me contentei em ficar amassando o guardanapo de papel.

Do outro lado da rua, o pessoal ia saindo do colégio e fazendo fila no ponto de ônibus. Ela acompanhou meu olhar:

— Já pediu sua transferência?

— Já.

— Vai sentir saudades daqui?

Foi minha vez de não responder. Passei o braço pelos ombros dela, puxando-a para mais perto. Ela se deixou ficar, silenciosa.

Saudade. Da última vez, morei em São Paulo dos nove aos onze anos. Viajava pouco. Só nas férias, duas vezes por ano. A família toda tomava o rumo de Minas, encontrava parentes, amigos, voltava.

Quando saí de lá, comecei a entender de saudade. Sentia falta da minha rua fria lá de São Paulo. Dos amigos, dos colegas, do zelador do meu prédio pequeno, cercado de outros maiores.

Aqui, nosso bairro sossegado, afastado do centro, encantava minha mãe, que dizia dormir melhor à noite.

Pois eu tinha saudade até do barulho noturno de São Paulo, que nunca atrapalhou meu sono. Aliás, pensando bem, até hoje nada atrapalhou meu sono. Posso estar cansado, chateado, preocupado: tendo de dormir, fecho os olhos e durmo. Acho bom dormir com saudade. A gente sonha com quem está longe. Uma vez, sonhei que estava com sarampo. Foi ótimo. Quem cuidava de mim era uma ex-namorada. O dia inteiro. Pena que o sarampo só tenha durado uma noite.

Minhas saudades duram sempre.

Quando não estou em São Paulo, sofro com a falta de agitação de lá, do barulho, do frio, dos *shows* de *rock* no Anhembi ou no Ginásio do Ibirapuera.

Quando estou em São Paulo, sinto falta da cidade clara, com avenidas terminando nas montanhas.

Uma vez, meu pai foi visitar um amigo dele, o Braga. Como os dois tinham morado em São Paulo, a conversa acabou girando em torno de diferenças e preferências urbanas. Meu pai achou graça quando, no meio daquele papo descompromissado, o Braga, empolgado, radicalizou:

— Olha, você quer mesmo saber por que eu gosto de morar aqui? Porque eu vejo o fim da cidade. Se, algum dia, precisar fugir da polícia, do ladrão, eu sei lá, é só sair correndo pela Avenida Afonso Pena. Chego na montanha, não chego?

Ainda não precisei fugir de nada. Mas acho que o amigo do meu pai tem razão: meu olho vivia correndo para as montanhas. É bom perceber que uma cidade acaba. Fica parecendo que a gente é maior que ela.

— Quando você for embora, não vai ter nada maior que minha saudade — minha namorada rompeu nosso silêncio.

— Vai, sim — puxei-a para mais perto.

— O quê? — ela me olhou, surpresa.

— A minha.

Ela riu, mansa:

— Queria ir com você.

Eu devolvi:

— Queria ficar com você.

— E se você ficasse? — ela se agitou na cadeira.

— Não posso, você sabe.

— Por causa dos seus quinze anos?

— Dos nossos.

— Eles passam, sabia? — ela se animou.

— Ainda não passaram, sabia? — eu queria ter trinta anos.

Rimos sem vontade. Desajeitados.

— Você me avisa o dia? — ela pediu.

— Não sei — escorreguei.

— Falta muito pouco? — ela insistia.

— Muito e pouco — tentei brincar, sem resultado.

Pagamos a conta, saímos abraçados. Paramos na esquina. Não queria ir para a casa dela, nem ela para a minha. Segurei o seu queixo e perguntei:

— Posso te falar uma coisa?

— Claro.

— Você tá muito bonita, assim, com os olhos molhados.

Sorriso rápido, abraço demorado, beijo também.

— Eu gosto muito de você — ela acariciou meu braço e me beijou o peito, quase o ombro.

— Juízo — falei, baixinho.

Fiquei parado. Ela foi andando naquele passo dela. Pensando em mim, sem me olhar. Eu pensando nela. Olhando.

Mais rápido do que eu imaginava, ela desapareceu na outra esquina.

Coração

Cheguei em casa com a lembrança de uma mulher de quinze anos sumindo na esquina. Fiquei na sala. Não queria ir para o meu quarto e ver o retrato dela em cima da mesa. Nem ouvir as fitas que compramos juntos. No dia em que meu pai e minha mãe conversavam sobre as vassouras que tinham comprado, pensei: "Nós dois já temos direito a uma conversa desse tipo".

Na sala, sem saber direito o que fazer, comecei a mexer nos discos que meu pai e minha mãe juntaram nesses anos todos.

Distraído, fui empilhando tudo no chão. Já ouvi meu pai dizer que as músicas podem contar a história de uma casa, de uma família. Se for verdade, nossa história tem de tudo.

Se, um dia, ela fosse contada — ou cantada —, seria acompanhada por grandes orquestras europeias e interpretada pelas vozes populares de Carlos Gardel, Mário Reis, Nara Leão, Paulinho da Viola e Lupicínio Rodrigues.

Minha mãe ouve muito esse cara. Quando ele morreu, ela colou o nariz no vidro da janela — sinal certo de tristeza — e o disco, triste também, ficou perguntando: "Você sabe o que é ter um amor, meu senhor?".

Nariz colado no vidro, minha mãe ficou igual a minha namorada: olhos molhados. Só que uma chorava o passado. A outra lamentava os meus — nossos — quinze anos tão presentes.

Quinze anos deixando a gente namorar, sair, discutir, brigar, machucar. Quinze anos proibindo casar, votar, dirigir, morar onde quiser.

Se eu pudesse, casava logo. Com o som do Vinicius — "Eu sei que vou te amar, por toda a minha vida eu vou te amar" — no fundo, contando um pedaço da nossa história.

Votar. Quando penso em política, tenho vontade de sair correndo, como o Braga. Só que para bem longe, muito além de São Paulo, Rio, muito depois da última praia do Espírito Santo: Portugal, China, Dinamarca.

Meu pai diz que a gente deve acreditar, as coisas ainda melhoram, eu sou moço, tudo muda, eu posso — quem sabe? — participar das mudanças.

Minha mãe diz que a gente não deve se iludir, as coisas só pioram, sou moço, sim, mas acreditar em mudanças não passa de utopia.

A verdade é que a balança pende para o lado de minha mãe. Ela deve ter razão. Nesses quinze anos (nasci no final do chamado "milagre brasileiro"), os jornais têm falado em grandes conquistas e enormes misérias; grandes empreendimentos — Itaipu — e maiores desempregos; grandes sonhos — ah, a campanha das "diretas-já" — e decepções sem tamanho. A gente acredita e depois tem de desacreditar. Grita "quem sabe faz a hora, não espera acontecer" e, depois, fica balbuciando "nunca mais vou fazer o que meu coração pedir".

Existe coisa mais complicada que coração? O meu é complicadíssimo. Ainda que os quinze anos me proíbam de morar onde quiser, sei que uma conversa com meus pais poderia ter mudado o rumo da minha história. Conheço o discurso: ninguém deve viver amarrado em ninguém, só ligado, feliz da vida.

Amarrado. Ligado. Fácil de falar, bonito de ouvir, dificílimo de viver. Se eu soubesse o que meu coração pede... Nunca soube. Quero sair correndo pela Avenida Afonso Pena e passear pela Paulista.

Mas não tem jeito. Estou parecendo o país, sem solução. Talvez o melhor fosse casar e ir pra bem longe. China, Dinamarca, vai saber. Eu não precisaria votar. E as esquinas e avenidas seriam todas desconhecidas.

Feliz da vida

Minha mãe me encontrou na sala, rodeado de discos caídos das pilhas grandes demais. Nunca entendi de equilíbrio.

Abaixou-se, me beijou, alisou meus cabelos, disse que ia guardar a bolsa e voltava logo.

Voltou dizendo que tinham vindo fazer o orçamento da mudança e que não se responsabilizavam por nada *vivo*. As plantas ficavam, o canarinho também.

— A não ser que eu queira arriscar.

— Você não arrisca? — perguntei por perguntar, já conhecia a resposta dela.

— De jeito nenhum.

— Nem o pai, né?

— Claro que não.

— E como é que a gente faz, mãe?

— Não sei, filho, não sei. Temos de pensar. Talvez deixá-lo pra trás, pra levar depois, de carro, quando viermos aqui.

— Onde?

— Quem sabe, na casa da Bab?

— Ela vai querer?

— A gente pergunta. O André tinha uns passarinhos. O Abdo também, quando morava no Líbano.

— Como é que você sabe?

Minha mãe riu. Sinal de que tinha certeza do que estava falando.

Eu não estava gostando nem um pouco dessa história de deixar o canarinho para trás.

— Mãe, e se a gente for de ônibus?

— ?

— Eles não levam o passarinho?

— Não.

— Tem certeza?

— Tenho.

— Você já foi lá, perguntou?

Dessa vez ela não riu.

Começou a me fazer perguntas: se eu estava com fome, se eu estava arrumando os discos, se tinha encontrado a namorada, se estava alegre, triste, animado, desanimado.

— Estou cansado — falei baixo, me encostando no ombro dela.

— Cansado? De quê? — ela me abraçou.

— Sei lá, mãe.

— Você tá falando igualzinho a mim. E eu que pensava ter um filho original...

— Todo mundo é igual, mãe. Não é não?

Minha mãe disse que ao menos os cansaços deviam ser diferentes. O meu é um, o dela é outro.

— Você também tá cansada? — era minha vez de perguntar.

— Muito.

— De quê?

— Se eu soubesse...

Ficamos em silêncio. Ouvindo: "Se alguém perguntar por mim, diz que fui por aí".

— Você gosta muito dessa música, não é? — não consigo ficar calado.

— Demais.

— Quando formos embora, será que alguém vai perguntar por nós?

— Você duvida? — admirada, ela me soltou e me olhou.

— Você não?

— Não, de jeito nenhum.

— Logo você, mãe? Você duvida de tudo!

— Pois é, filho. Mas tenho certeza de que vamos ser lembrados. Como vamos lembrar. Ou não vamos?

— Eu vou — cochichei.

— Nós todos vamos — cochichou.

Ela voltou a me abraçar. Abraçou nossos cansaços e lembranças tão diferentes. Eu pensava em minha namorada sumindo na esquina; pensando que eu ia sumir no mundo. Pensava nas cartas que ia escrever, esperar, receber. Principalmente esperar. Pensava nos abraços e beijos impossíveis a quinhentos quilômetros.

— Pensando em quem? — minha mãe me conhecia.

— Nela.

— Como é que foi o encontro hoje?

— Bom e ruim.

— Despedida?

— Talvez.

— E ela?

— Chorou.

— E você?

Minha mãe, no escuro da sala — foi ficando de noite devagar —, deslizou a mão pelo meu rosto, carregando minhas lágrimas. Há algum tempo descobri: chorar é bom. Mesmo com atraso.

Queria ter chorado no bar, na frente dela. Quando cheguei sem saber o que fazer, fui empilhando o choro com os discos até que, sem equilíbrio, tudo desmoronou.

Minha mãe fez a pergunta que eu esperava:

— Quem sabe você quer ficar?

Mesmo esperando, me espantei:

— Como?

— Você fica com o passarinho.

— E vocês?

— Alguém sempre sai perdendo, não sai? — minha mãe estava tão engasgada quanto eu.

Pensei em acender a luz. Talvez ela preferisse chorar no escuro.

Ficamos calados, abraçados. Cansados. Tive vontade de passar a mão na cabeça dela. Dizer que eu era um homem. Não se preocupasse. Um homem capaz de casar naquele minuto e sair correndo para a Dinamarca. Não duvidasse. Um homem de quinze anos, feliz da vida, orgulhoso de não votar na mentira.

Fechei os olhos, aumentei minha escuridão, procurei a mão dela. Feliz da vida. Fiquei quieto, calado, escuro.

Não era hora de sonhar.

Quando meu pai abriu a porta e acendeu a luz, quase tropeçou nos discos, cada vez mais desarrumados.

— Dormindo com a minha mulher? — brincou.

— Ela é quem está dormindo comigo — topei a brincadeira.

— Não vivo dizendo que é bom ter mais de um homem em casa? — minha mãe aderiu.

Continuamos deitados no chão, cabeças e ombros em almofadas.

Meu pai, que não se senta no chão, foi para o sofá, bem na nossa frente. Pernas cruzadas, cara bem-humorada, perguntou se era bom dormir naquela bagunça.

Minha mãe disse que não estávamos só dormindo. Conversando também. Não só conversando. Chorando também.

— Os dois?

Eu e minha mãe nos olhamos.

Depois ela se levantou; ia fazer café.

— Quer ajuda? — ele perguntou.

Da porta da cozinha, ela me apontou:

— Ele precisa mais.

Eu e meu pai nos olhamos.

— Você tá precisando de quê?

Eu não soube responder.

— Algum problema?

Respondi com outra pergunta:

— A gente precisa mudar, pai?

— Você não quer ir?

— A gente precisa?

— Eu preciso.

— Por quê? — perguntei, quase gritando.

Sem gritar, ele tentou, mais uma vez, explicar: as condições de trabalho são melhores numa cidade maior.

— O desemprego, lá, é maior também — me agarrei ao primeiro argumento que me passou pela cabeça.

Ele concordou: num país subdesenvolvido como o nosso, os problemas crescem com as cidades. Quanto mais povoadas elas se tornam, maior a miséria. E continuou:

— Você sabe que estamos falando da regra geral. Sabe, também, que as exceções existem, não sabe?

— Você é uma exceção, pai?

— Minha profissão é. Se eu quiser crescer, e quero, preciso ir.

— Os que ficam aqui não crescem?

— Crescem de outro jeito, em outro ritmo. O meu jeito é o de lá: rápido, agitado, impaciente. Será que você me entende, filho?

Entender um pai é tão difícil! O meu é jornalista. Acho que ele é meio parecido com os discos espalhados no chão da sala: aparentemente confusos, guardam sons harmoniosos. Meu pai me sugere confusão: não tem hora para sair nem para chegar, viaja quando menos se espera. Até nos aniversários. Um dia, perguntei se ele gostava disso. Se não tinha vontade de ter horário certo, como os pais de alguns colegas meus. A maioria. Ele disse que, se tivesse horário rígido, morria. Achei um exagero, mas também pode não ser. Só sei que não é muito fácil ser filho de jornalista. A gente nunca sabe se vai poder contar com o pai naquele dia.

Minha mãe também é jornalista. Pois é. O casal. E ainda ficam cobrando originalidade dos filhos.

Um viaja numa semana, o outro na outra. Um planeja voltar e não consegue, o outro precisa ir e acaba ficando. Um escreve à máquina com a mesa de frente para a parede, o outro para o centro do escritório. Um usa todos os dedos, o outro só dois. Um bate rápido, o outro vence pela teimosia.

Num ponto, concordam: trabalham de madrugada. Aqui, ninguém dorme à noite. A gente lancha às duas da manhã, brinca, briga e toma banho. Minha mãe, conhecedora da família, nunca matriculou ninguém de manhã.

— Pai, preciso fazer minha matrícula.

— Onde?

— Em São Paulo, claro.

— Você quer ir?

Levantei-me das almofadas e me sentei no chão, pernas de índio — bem perto do sofá. Meu pai continuava com as pernas cruzadas.

— Pai, se você tivesse uma namorada, ia ou ficava?

— Eu tenho uma namorada.

— Mãe não vale — comecei a perder a paciência.

— Por quê? — ele se admirou.

— Porque mãe vai de qualquer jeito — respondi, automático.

— Como é que você pode dizer uma besteira dessas? — mais que admirado, ele estava espantado.

Respirei fundo, amarrei o tênis. Desejei que minha mãe trouxesse logo o café.

Meu pai fez um carinho no ombro:

— Sabe, filho, as namoradas e as mães podem ir ou ficar. Você também. Ou eu.

— Assim você não me ajuda, pai.

Meu pai pôs o LP de um cara americano tocando banjo no toca-discos. Disse que gostava muito dele. E depois:

— Se você resolver ficar, te dou esse disco. Assim você não me esquece.

Cheguei para mais perto do sofá.

— Quero ir com vocês e ficar com ela.

— Isso não é possível. Agora.

— Eu sei.

Ele passou a mão na minha cabeça.

— São Paulo não é noutro planeta. De vez em quando, você vem pra cá.

— Será? — eu queria ter certeza.

— Será — ele tinha certeza.

Minha mãe colocou a bandeja na mesa e se sentou ao meu lado. Meu pai nos olhou, riu, não sei se triste ou aliviado, serviu as xícaras, deixou o sofá e, fingindo examinar uns discos, foi ficando cada vez mais perto.

Acabou no chão também, meio desajeitado.

Conversas

Os três caras do caminhão de mudança chegaram cedo, antes das oito. Começaram a embalar as coisas miúdas: louças, garrafas, discos, livros. Disseram que já haviam feito mudanças enormes, sem quebrar nada. Minha mãe quis saber se a nossa mudança era grande ou pequena.

— A da senhora é média — responderam.

E foram lembrando: estavam na empresa há muito tempo, já viram de tudo. Uma vez, precisaram de quatro caminhões.

— Como é que pode? — minha mãe ficou pasma.

— A mudança da senhora cabe num caminhão só.

Quando encontravam um copo trincado, mostravam:

— É bom a senhora olhar, ver que já está assim.

Meus irmãos ajudavam a montar as caixas de papelão. Elas vinham dobradas, presas umas nas outras. Na medida da necessidade, iam sendo abertas e montadas. Depois de cheias e fechadas com fitas adesivas, eles escreviam: *sala, banheiro, quarto do casal* etc.

O caçula entrou dentro de uma caixa, um dos homens brincou:

— Vou te fechar aí dentro e levar para o caminhão.

— Pode fechar — ele ficou todo animado.

Meu outro irmão entrou em pânico.

— Não precisa ter medo — minha mãe riu. — Eles não levam nada vivo.

— E se ele morrer? — insistiu.

— Ninguém aqui vai morrer, garoto — garantiu um dos homens, o mais velho.

— É, vocês só vão mudar: casa nova, escola nova, amigos novos — completou um outro, manco de uma perna.

— A senhora sabe que eu nunca mudei? — voltou a falar o mais velho. — Faço mudança todo dia e nunca saí da casa onde nasci.

— Aqui?

— É.

— Deve ser bom — minha mãe falou, baixo.

— A gente se acostuma.

Minha mãe perguntou ao outro se ele também morava na casa onde nasceu.

— Não, não, nem conheço. Saí de lá pequeno e nunca mais voltei.

— O senhor é de onde, de Pernambuco? — ela arriscou um palpite.

— Como é que a senhora sabe?

— Tenho uns amigos pernambucanos — ela justificou. — O senhor fala igualzinho a eles.

— Eu nasci em Caruaru. A senhora conhece?

— Não, não. Nunca passei de Ilhéus, no sul da Bahia.

— Pois eu conheço tudo que a senhora me perguntar. Tudinho. Norte, sul, o que a senhora quiser.

— Sempre fazendo mudanças?

— Sempre.

— O senhor gosta desse trabalho?

Ele disse que ficavam muito cansados, ganhavam pouco. E, se quebravam algum objeto, eram responsáveis.

— O senhor já procurou outro emprego?

— Procurei nada. Não tenho tempo. Tem semana que a gente trabalha até domingo.

— Mas aí vocês recebem hora extra, não é?

Meio encabulado, o homem resmungou qualquer coisa que, do meu quarto, não consegui entender.

Canetas

Enquanto ouvia a conversa, ia guardando minhas coisas numa caixa. Um cartão da minha avó, mãe da minha mãe. Parabéns pelo Dia da Criança. Quatro meses depois, ela morreu. Outro, com as pontas amassadas, da minha avó cigana, mãe do meu pai. Parabéns pelos meus oito anos. Uma carta de um amigo de São Paulo, perguntando se eu não voltaria para lá.

Uma carta de uma menina que eu quis namorar. Ela não quis. Gostava de caras mais velhos, do professor de Desenho. Outra, de uma querendo me namorar. Não deu certo. Eu só enxergava a professora de História.

Um bilhete da minha mãe dizia: "Estou com saudades". Sem data.

Fiz um pacote, colei com durex, joguei no fundo da caixa. Por cima, estojos, lápis, borrachas, apontadores, canetas.

Certamente as canetas teriam um lugar especial entre as coisas da minha mãe. Ela tem coleção. De vez em quando, olha, mostra, conta uma história.

— Essa aqui, Parker 51, seu pai também tem. Herdou do pai dele.

— E essa, quase igual?

— Igual, nada. Completamente diferente, olha só. É Parker também, mas 61.

E contava: trocou com o irmão. Por um violão.

— E você tocava violão, mãe?

Não tocava, mas tinha um. Presente de namorado. Tentou aprender, sem resultado. O irmão levava jeito, aprendia sem ninguém ensinar. Ela vivia namorando a caneta dele. Um dia aconteceu o inevitável: fizeram a troca.

— E o namorado?

— Ah, já tinha brigado há muito tempo.

Minha mãe tem canetas ainda mais antigas que essas trocas e brigas. Por exemplo, uma inglesa, marrom, parecendo essas madeiras com uns tons mais claros e outros mais escuros: Esterbook.

— Essa foi a minha primeira caneta — relembrava. — Presente do meu pai, quando saí de casa, ainda criança, e fui estudar num internato.

— E a última?

— Ainda não aconteceu — ela disse uma vez.

Já experimentei canetas-tinteiro, mas não consigo escrever direito com elas. Estou acostumado com as canetas esferográficas, absolutamente iguais, que não carregam histórias nem lembranças.

Lembranças... Quando um dos caras da mudança pegou o disco do Antônio Maria, minha mãe disse:

— Não, esse não. Esse eu quero ouvir até o último dia.

Meu irmão do meio perguntou se ele também podia deixar a história do sapo para o último dia. Eu, se fosse corajoso, teria deixado o retrato dela. E a mim também. Sobrando na casa vazia e silenciosa. Sem almofadas, discos, canetas. Vagando e medindo os espaços que cada um ocupava antes.

Peguei o porta-retratos — de um lado, ela; do outro, a turma do colégio numa excursão — e joguei dentro da caixa. Fechei a caixa bem fechada, enchi de fita adesiva, escrevi meu nome — com caneta esferográfica.

Dentro da caixa, convivendo com cartas e canetas, ela começava a viagem. Antes de mim.

Confidências

No dia seguinte, os três caras do caminhão voltaram. Minha mãe tinha saído para trabalhar, meu pai também, meus irmãos andavam de bicicleta no *playground*. Fiquei com eles no escritório. A primeira pergunta era inevitável:

— Seu pai já leu isso tudo?

A pergunta seguinte continuava a primeira:

— E ele lembra de tudo?

Não soube responder. Certas perguntas são difíceis.

Meu pai lê todo dia. Ou melhor, toda noite. Quando me lembro de alguma coisa urgente e entro no quarto dele, bem tarde, está sempre com um livro na mão. Uma noite, me disse que lê uns três livros ao mesmo tempo. Cansado demais, prefere policiais, ficção científica. Tranquilo, romances, biografias.

O carregador mais velho perguntou se minha mãe não reclamava de arrumar tanto livro.

— Não — respondi, meio distraído, folheando *Os meninos da Rua Paulo*, lido há uns dois anos.

— Não?

— Não — confirmei. — Ela não reclama nem arruma.

— Ah.

O terceiro homem, que no primeiro dia ficou na cozinha, encaixotando pratos e panelas, foi se sentindo à vontade com a conversa. E arriscou:

— Eu já li um livro.

Os outros dois, espantados, interromperam o trabalho e, boquiabertos, pregaram os olhos nele. Pena minha mãe ter saído.

Perguntei:

— Qual?

— Um que uma moça me deu.

— Namorada?

— Não, eu era motorista de táxi; ela, professora. Entrou no táxi e começou a conversar comigo. Você sabe como é: ela foi falando do trabalho dela, onde tinha ido, o que tinha feito, pra onde ia, essas coisas.

— E onde entra o livro nessa história?

— Ela perguntou se eu podia esperar na porta da escola. E eu podia. Aí ela me deu um livro, dizendo: "Vai lendo isso aí, que o tempo passa mais depressa".

— E você leu?

— Comecei, né?

— E depois?

— Depois, ela voltou e perguntou se eu tinha lido, gostado, se queria ler mais, se quisesse podia ficar pra mim, ela arranjava outro. Eu fiquei.

— E que livro era?

— Era esse da escrava Isaura, que passou na televisão.

— Quando ela te deu o livro, a novela estava passando?

— Não, já tinha acabado.

— E você tinha visto?

— Não, porque eu trabalhava até dez da noite.

O manco de uma perna resolveu entrar na conversa:

— Novela é coisa de mulher.

Ah, ainda bem, ainda bem que minha mãe saiu.

— E depois? Você nunca mais leu nada? — retomei a conversa.

— Não.

— Ele tá esperando entrar outra professora no carro dele — brincou o mais velho.

— Mas eu nem tenho carro...

Rimos, os quatro.

Minha mãe chegou sem fazer barulho e perguntou qual o motivo da alegria.

Eu lhe disse:

— Estamos rindo das professoras, dos motoristas de táxi, da escrava Isaura, das novelas de televisão, dos livros.

Ela franziu a testa. Meio sem jeito, o ex-motorista começou a contar tudo de novo.

Meus irmãos chegaram imundos e famintos do *playground*, tomaram banho, lancharam, desceram de novo: festa de um amigo no primeiro andar.

Os homens tomaram café, se despediram. No outro dia, cedo, viriam encaixotar o pouco que faltava e carregar o caminhão. Não só os três, já quase nossos amigos. Cinco ou seis, disseram.

Eu e minha mãe começamos a andar pelo apartamento. O chão, forrado de jornais sujos e rasgados, me fez pensar se toda aquela correria dos meus pais jornalistas valia mesmo a pena.

— Seu pai vai demorar.

— Algum problema?

— Morreu a mãe de uma colega nossa. Ele vai ao velório.

— E você?

— Não.

— Você não gosta de velórios, não é, mãe?

— Alguém gosta?

— Falei besteira.

— Todos nós temos direito a nossas besteiras, filho.

Ela parou na porta do quarto dos meninos:

— Essa noite vou aproveitar a ausência deles e jogar fora metade dessa bagunça.

— Jogar fora?

— É, o que estiver estragado. Você já viu a quantidade de badulaques?

Ela foi falando e entrando no quarto. Escolheu um disco — "Se essa rua, se essa rua fosse minha" — e sentou-se no chão. Quando os meninos voltaram, o quarto deles também estava encaixotado.

— Ah, e o meu livro do urubu?

— E o meu ursinho? — o mais novo não dorme sem o ursinho que a madrinha mandou da Alemanha.

Minha mãe começou a contar a história de dois meninos que iam mudar de casa e dormiram duas noites sem urso e sem urubu.

— Duas?

— É, hoje e amanhã.

E continuou: no dia seguinte, iriam dormir na casa do tio, aquele que passava cineminha depois do jantar.

— E você, não vai? — o do meio estava preocupado.

— Claro que vou.

— Mas você só disse "os dois meninos", não falou o nome de mais ninguém...

— É porque estou contando a história de dois meninos.

— Ela tá contando a história de dois meninos sem pai e sem mãe — o mais novo tentou ajudar.

A mãe riu, o do meio também.

— Ela tá contando a história de dois meninos sem ursinho e sem urubu. E essa história é a nossa, seu bobo.

— Eu sei que é a nossa, mas a gente não pode ficar sem pai e sem mãe, né? Bobo é você.

O telefone interrompeu a conversa. Minha mãe foi atender. Uma amiga dela, a Fanny, perguntava como ia a mudança, a família, o trabalho, a casa, a vida. Minha mãe falou dos carregadores, da escrava Isaura, da minha namorada, da desordem da casa, das conversas dela comigo, com meu pai, meus irmãos. E concluiu:

— Acho que uma família cresce muito com uma mudança.

E contou: naquela noite, havia entrado no quarto dos meninos pensando em eliminar a metade dos brinquedos.

— Eu ia jogar tudo fora, sabe, Fanny? Milhares de carrinhos sem roda, rodas sem carrinhos, quebra-cabeças faltando peças, papéis e mais papéis.

— E aí? — pelas respostas de minha mãe, eu podia adivinhar algumas perguntas da Fanny.

— Aí, eu fui pra lá toda valente e corajosa, e comecei a ordenar a desordem. Jogava carro pra lá, roda pra cá, amontoava os quebra-cabeças num canto. Ah, e eu fazia isso ouvindo música.

— Que música?

— Histórias, cantigas de roda, essas coisas.

— E então?

— Então, de repente, eu me vi com um carrinho quebrado na mão, mas a mão não era minha, entende? Era do meu filho.

Minha mãe fez uma pausa, ouviu, e continuou: havia se lembrado da mão dele com aquele carrinho, brincando, fazendo-o andar sobre os móveis, esquecendo-o na pia do banheiro.

— Ah, Fanny, sabe de uma coisa? Minha coragem sumiu, minha valentia fugiu, guardei todos os brinquedos estragados numa caixa, vai tudo pra São Paulo.

— ?

— Quando chegar, conserto junto com eles.

Fanny, do lado de lá, falou alguma coisa que emocionou minha mãe do lado de cá.

Os óculos dela estavam embaçados quando repetiu, em voz mais baixa: a gente cresce com as mudanças.

Silêncio

Naquela noite, a música alta do rádio não me impediu de ouvir um grito. Dei um pulo da cama e saí correndo.

Na área de serviço, minha mãe, ajoelhada no chão, segurava a gaiola no colo.

— O que aconteceu?

— Nem sei direito, sabe? Nem sei direito.

Pendurei a gaiola na parede:

— Levei o maior susto com seu grito.

— Ah, quando vi, já tinha gritado.

— O que foi?

— Eu estava dando alpiste pro canarinho, trocando a água, limpando a gaiola. E ele cantando. Quando terminei tudo e fui varrer o chão, bati com o cabo de vassoura no fundo da gaiola. Ela se soltou do prego e caiu. O tombo deve ter machucado o canarinho.

Ele estava quieto, parado, encolhido.

— Por que será que ele não quer voar? — minha mãe, inquieta.

Abaixei-me para apanhar a vassoura e levei o segundo susto: gotas de sangue.

— Mãe, o canarinho está machucado.

Seus olhos me interrogaram, seguiram os meus e encontraram as manchas vermelhas no ladrilho azul.

— Onde será que foi?

— Não sei.

Abri a gaiola. Examinei os pezinhos dele, as asas, o peito. Nada. Só a respiração era pesada, ofegante.

— Olha aqui.

Minha mãe apontava para uma gota de sangue coagulado no lado esquerdo do bico. O bico torto.

— Será que ele vai morrer?

— Imagina, mãe. De jeito nenhum. Agora mesmo vai estar comendo, cantando. Voando.

— Será?

Tornei a colocá-lo na gaiola e cheguei a vasilha de alpiste para bem perto. Nada. Água. Nada.

— Tá vendo? Não quer nada. Acho que vou telefonar.

— Pra quem?

— Pro seu tio. Ele deve saber o que fazer.

Ninguém atendeu.

— Deve estar de plantão. Será que telefono para o hospital?

Desistiu. Voltou para perto da gaiola, bateu como os dedos nela devagar e pediu:

— Voa, canarinho, voa.

Ainda mais encolhido, parecia nos olhar com tristeza.

— E se ele morrer?

Os olhos dela estavam ficando lacrimejantes. Pensei na minha namorada.

— Morre nada. Não é possível.

— Seu pai podia chegar.

Ela tentou telefonar outra vez. Tornei a pegar o canarinho. Tão leve, respirando com dificuldade. Tive medo de que morresse na minha mão. Um dia, choveu demais na fazenda. Minha avó recolheu um pintinho na enxurrada e colocou-o perto do fogão de lenha para que se aquecesse. Quando já estava quentinho, guardou-o no bolso da saia. À noite, seguindo um velho hábito, sentou-se numa poltrona e acabou dormindo. A mão no bolso protegia o pintinho. A proteção, faca de dois gumes, matou-o asfixiado.

Eu não sabia como o canarinho ia morrer. Mas comecei a sentir que nada poderia ser feito. Balancei a gaiola com cuidado. Nada. Ele começou a ficar com os olhos mais fechados que abertos.

— Seu pai podia chegar.

— Vamos dormir, mãe.

Fuga

Meu pai chegou quase às sete da manhã. Ouvi o barulho do elevador parando, a porta da sala sendo aberta. Ficou assustado quando me viu de pé. Mais ainda quando lhe disse o motivo.

Foi pra área antes de mim. Não precisei olhar a gaiola. Bastou-me o jeito daquele homem cansado, vindo de uma noite de olhos úmidos.

Cada um foi para o seu quarto. Deixei a porta aberta e vi quando minha mãe passou, silenciosa e rápida. Encontrei-a com a gaiola no colo, chorando.

Meu pai, já de pijama:

— O que vamos fazer?

Minha mãe:

— Não vou jogá-lo no lixo, de jeito nenhum.

Saímos, os três. O enterro foi num terreno baldio, em frente ao prédio.

Algumas pessoas, a caminho da padaria, passavam, olhavam, seguiam. Uma delas disse que tudo aquilo era bobagem.

— Já morreu mesmo.

Minha mãe falou:

— Ainda bem que os homens do caminhão ainda não chegaram. E os meninos estão dormindo.

Quando entramos no apartamento, o menor veio correndo:

— Mãe, você precisa telefonar pra Bab e falar que a gente não vai levar o passarinho. Ele fugiu.

Despedida

O bar em frente ao colégio estava cheio. Segurei as mãos dela:

— Pois é, chegou o dia.

— Vou morrer de saudade — ela, séria.

— Vai mesmo?

— Você duvida?

— Eu também vou.

— Vai mesmo?

— Você duvida?

Ela riu com vontade.

— A gente se viu tão pouco nesses últimos dias.

— Eu andava muito ocupado — tentei despistar.

Ela apertou minha mão.

— Vamos sair daqui? Tem gente demais.

Pagamos a conta e saímos, calados. Na primeira esquina, parei:

— Posso te dar um abraço, aqui, no meio da rua, ou você fica chateada?

— Eu quero — ela disse.

Ficamos calados e abraçados. Muito tempo. Algumas pessoas passavam, olhavam, seguiam. Uma delas disse que aquilo era bobagem.

— Tem que ser na rua?

Tinha que ser em qualquer lugar. Não sei quanto tempo ficamos ali, calados e abraçados.

Uma vez, vi um casal assim, no aeroporto. As pessoas iam e vinham, apressadas, e eles não viam ninguém. Com os olhos fechados, apertavam cada vez mais o abraço. Fiquei olhando e pensando qual dos dois iria viajar. E me perguntando por que tinham que se separar.

— Por que a gente tem que se separar? — perguntei.

Ela não respondeu.

— Queria ficar o resto da vida aqui, te abraçando — falei.

— Eu também.

— Acho que vou ficar — brinquei.

— Vão nos chamar de loucos.

— E não somos?

Ela me beijou o peito, quase o ombro:

— Não, meu amor. Não somos. Somos absurdamente racionais.

Provando o que dizia, interrompeu nosso abraço, me olhando firme:

— Tá ótimo, mas preciso ir.

— Já?

Ela passou a mão na minha cabeça, no meu rosto.

— Te amo.

Prendi a mão dela no meu rosto.

— Também te amo.

Ela puxou a mão.

— Preciso ir.

Foi andando com aquele passo dela, sem olhar para trás. Eu olhando. Sentindo o calor dos seus lábios no meu peito. Quase no ombro.

Susto

O caminhão, parado na frente do prédio, ainda tinha uma metade vazia. Dei uma olhada: geladeira, caixas, fogão, caixas, sofá, caixas, camas, caixas.

O apartamento quase todo vazio; nada na cozinha, nem na sala, nem nos quartos. Na área de serviço, a gaiola. E, num canto, o disco do Antônio Maria. No escritório, estantes desmontadas e caixas de livros. Na copa, vasos de samambaias e avencas. E a mesa. E o desespero da minha mãe:

— A mesa não passa pela porta. Outra vez.

— Se ela entrou, tem que sair.

— Calma, a gente dá um jeito — Jairo, primo da minha mãe, tentava controlar a situação. Ele tinha vindo pra levar as plantas.

— Se o caminhão não transporta nada vivo, eu transporto — brincou.

Combinou com minha mãe: levaria uns vasos para a fazenda e outros para a casa da Antonina, irmã dele.

— Você pode ficar tranquila.

— Mamãe te contou do passarinho? — perguntei.

— Contou. Se vocês quiserem, levo a gaiola também. Até arranjo outro passarinho.

Os carregadores entraram com chaves de fenda e alicates.

— Vamos tirar a porta — disseram.

Já tinham virado a mesa de todos os lados e jeitos. Era a última tentativa.

Meu pai e minha mãe têm essa mesa há muito tempo. Grande, antiga, pesada. Com um defeito imperdoável para uma família cigana como a nossa: não desmonta. Não tem um parafuso, só pregos. Enormes.

Toda vez que a gente muda, minha mãe jura, promete e ameaça:

— É a última vez que isso me acontece. Quando chegarmos lá, vou chamar um carpinteiro e pedir que resolva esse problema de uma vez por todas.

Mas juramentos, promessas e ameaças nem sempre são cumpridos. A mesa continua grande, antiga, pesada. E difícil.

Quando os homens desmontaram a porta, tiveram que encostá-la na parede, perto dos vasos. Em seguida, celebraram a passagem da mesa pelas duas portas: a da copa e a da sala.

Entretanto, minha mãe continuava preocupada. Segredou ao primo:

— Não tive coragem de falar que ela não cabe no elevador.

— Estão acostumados com isso — disse Jairo, tranquilo e tranquilizador.

— Mas eu não. Não me conformo de ainda não ter dado um jeito nessa mesa. Quem mora em apartamento e, além disso, vive se mudando, não tem o direito de ter um móvel desses.

Precisa pensar em quem faz força. Um desses rapazes até manca, você percebeu?

Ele tinha percebido.

— Vamos levar esses vasos? — sugeriu.

Começou a tirar os do teto, enquanto eu e minha mãe íamos pegando os do chão e levando para o elevador. De repente, minha mãe tropeçou na porta encostada na parede. A porta se desequilibrou, caindo bem em cima da cabeça dela. O vaso, jogado longe, espalhou terra pelo chão.

Acudimos. Enquanto Jairo perguntava, sem parar, se havia se machucado, ela, passando a mão na cabeça ou tentando recolocar a terra no vaso, dizia que não.

Pensamos em água, mas o filtro e os copos estavam no caminhão.

— Ainda bem que seu pai saiu com os meninos. Ele ainda é mais nervoso que eu, com essa mesa.

— Fica calma e vê se não se machucou mesmo.

O telefone tocou, fui atender. Uma amiga da minha mãe queria saber como ia a mudança.

— Com exceção de uma porta que acabou de cair na cabeça da minha mãe, o resto tá indo bem.

— Ela se machucou?

— Não, a cabeça dela é dura.

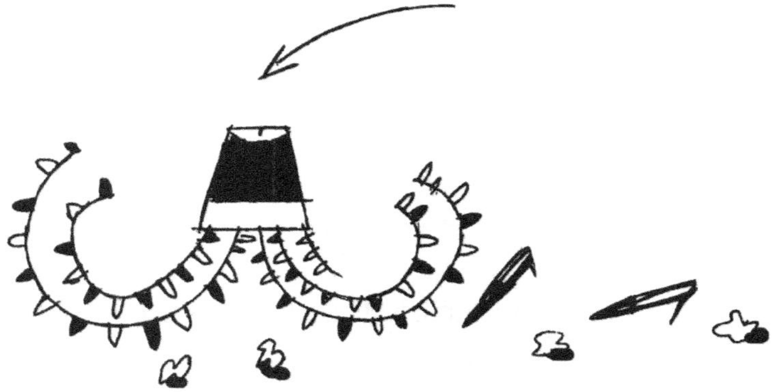

Última noite

Cansados, os meninos quase não aguentaram esperar o cineminha, depois do jantar. Começaram a cochilar no meio da história do Peter Pan e dormiram sem o urso e o urubu.

Meu tio, que tem uma família musical, tocou um pouco de piano, acompanhado pelo violino e pelas flautas dos filhos.

Não estávamos tristes nem alegres.

Meu pai queria saber da porta, da mesa, da cabeça da minha mãe.

— Da próxima vez, abandonamos essa mesa — ameaçou.

— Te juro que vou dar um jeito nela.

— Vamos sentir falta de vocês — meu tio, sincero.

— Será que vocês voltam? — minha tia, emocionada.

— Quem sabe? "Há tempo para ir e tempo para vir." Não é assim, na Bíblia? — meu pai lembrou.

Fiquei ouvindo aquela conversa e pensando: ida e volta. Se eu estava indo, podia voltar, por que não?

Se ela estava ficando, podia ir, por que não?

Minha mãe foi buscar o disco do Antônio Maria.

— Queria ouvir a *Canção da volta* aqui, com vocês, hoje.

— Quem é que canta? — eu quis saber.

— Dolores Duran.

— Não conheço.

— É por isso que a gente não pode confiar em ninguém com menos de trinta anos — meu pai brincou.

Minha mãe colocou o disco, e eu vi que já conhecia a música. Só não sabia o nome da cantora.

"Nunca mais vou fazer o que o meu coração pedir." Isso me lembra sonhos frustrados. Eleições, por exemplo. Eleições diretas. Em 1984, meu coração pediu para ir aos comícios. Gritei, aplaudi, cantei o Hino Nacional.

Mas tem sempre alguém desmanchando os pedidos do coração da gente. Tem gente pra tudo.

— Era esse trecho que eu queria ouvir — minha mãe sorriu, triste, enquanto Dolores Duran concluía: "Meu lugar é aqui, faz de conta que eu não saí".

— Faz de conta — meu pai repetiu.

— Vamos ouvir de novo? — pedi.

Primeiro dia

Na hora marcada, estávamos no aeroporto.

Procurei um casal abraçado, mas talvez fosse cedo demais. Hora de estar na cama.

Xuim, meu primo que toca violino, perguntou quanto tempo ia durar a viagem.

— Menos de uma hora — meu pai informou.

— Daqui a pouco eles estarão em São Paulo, Xuim — informou o pai dele.

Daqui a pouco. Aeroporto é triste por isso. A gente mal abraça e o abraço já está a cem, duzentos quilômetros. O chão desaparece num segundo, passamos a pertencer a um mundo aéreo, suspenso, longínquo. Apesar de ser rápido, parece que o avião aumenta as distâncias.

Antes de pisarmos em São Paulo, vendo a cidade de cima, me lembrei do Braga e do Samir. Impossível fugir nessa imensidão sem montanhas.

Quando descemos do táxi, Raimundo, o zelador, se espantou com o tamanho dos meninos.

— E os seus? — minha mãe quis saber.

— Também estão grandes, a senhora vai ver.

Disse que era bom estarmos de volta. O prédio continuava como antes.

— Até os problemas? — minha mãe brincou.

— Problemas?

— É, você se lembra daquele pessoal do quinto andar, que não gostava de nós?

— Ah, eles ainda moram aqui.

— Implicavam com nossos barulhos, lembra? Reclamavam porque as crianças choravam alto e diziam que pisávamos com força. E que andávamos a noite inteira.

— Isso devia ser verdade — entrei na conversa.

Raimundo, otimista:

— Acho que agora vai ser diferente. O rapaz se casou, a moça também, e os pais quase não ficam em casa.

— Tomara, tomara.

O elevador nos levou ao sexto andar. Meu pai abriu a porta.

As grades, colocadas quando eu era pequeno, continuavam proibindo as janelas. Entrei em meu quarto. Vazio daquele jeito, tive a sensação de estar saindo de mudança. No entanto, estava chegando. Tempo de ir e de vir. Ida ou volta?

Meus irmãos, excitados, corriam pela casa. Minha mãe e meu pai reconheciam as paredes nuas, as janelas recém-pintadas.

Meu pai tocou meu ombro:

— E então, filho?

— E então, pai?

Minha mãe, com o disco do Antônio Maria debaixo do braço, olhava insistentemente pelas grades da janela:

— Será que ainda demoram?

— Vamos tomar um café? — meu pai propôs.

Foram.

Fiquei sozinho, refazendo meu tempo. Vim pra cá com dois meses, disseram. Cresci, saí, cresci mais, voltei, saí de novo. Agora, estava outra vez à espera de um caminhão que trouxesse minha bagagem: cartas, papéis, livros, revistas, roupas, quadros, discos, fotos, pequenos objetos. O resto de mim. Eu queria um caminhão que carregasse coisas vivas e trouxesse minha namorada.

"Eu escrevo", ela prometeu.

Resolvi que ia pedir aquele disco pra mim: "Meu lugar é aqui, faz de conta que eu não saí".

Meus pais voltaram do café. Antes que eu pudesse dizer alguma coisa, ouvimos, lá embaixo, um ruído esperado de motor.

Voei para a janela, enfiando o nariz por entre as grades. Nosso caminhão acabava de encostar.

Arquivo pessoal

Lúcia Brandão nasceu em São Paulo, onde viveu até 2001. Atualmente mora em Avaré, no interior de São Paulo. Autodidata, iniciou sua carreira de ilustradora na *Folha de S.Paulo*. Trabalhou também nos jornais *Gazeta Mercantil* e *Diário de S.Paulo* e em diversas revistas, como *Veja*, *Revista do Idec*, *Proteste*, *Crescer*, *Criativa* e *Ser Médico*. Ilustra livros de literatura e didáticos para diversas editoras. Alguns trabalhos: capas da coleção Biblioteca da Folha e de *Semente da vitória* (de Nuno Cobra); ilustrações de *Papai, mamãe e eu* (de Marta Suplicy) e de obras de Fernando Sabino, Moacyr Scliar, Frei Beto e Ana Maria Machado, entre outros. Desenvolve um blog (www.luciabrandaoportifolio.blogspot.com) com suas ilustrações.